PABLO EL LANZADOR

Escrito e ilustrado por Paul Sharp

Children's Press®
Una división de Scholastic Inc.
Nueva York • Toronto • Londres • Auckland • Sydney
Ciudad de México • Nueva Delhi • Hong Kong
Danbury, Connecticut

Estimado padre o educador:

Bienvenido a Rookie Ready to Learn en español. Cada Rookie Reader de
esta serie incluye páginas de actividades adicionales ¡Aprendamos juntos!
que son apropiadas para la edad y ayudan a su niño(a) a estar mejor
preparado cuando comience la escuela. *Pablo el lanzador* les ofrece la
oportunidad a usted y a su niño(a) de hablar sobre la importancia de la
destreza socio-emocíonal de sentir orgullo por los logros obtenidos.
He aquí las destrezas de educación temprana que usted y su niño
encontrarán en las páginas ¡Aprendamos juntos! de *Pablo el lanzador:*

- rimar
- medir
- vocabulario

Esperamos que disfrute esta experiencia de lectura deliciosa y mejorada
con su joven aprendiz.

Library of Congress Cataloging-in-Publication Data

Sharp, Paul.
  [Paul the pitcher. Spanish]
  Pablo el lanzador/escrito e ilustrado por Paul Sharp.
    p. cm. — (Rookie ready to learn en español)
  Summary: Rhymed text describes the different things Paul enjoys when he throws a ball. Includes suggested learning activities.
  ISBN 978-0-531-26113-2 (library binding) — ISBN 978-0-531-26781-3 (pbk.)
  [1. Stories in rhyme. 2. Baseball—Fiction. 3. Spanish language materials.] I. Title.

  PZ74.3.S438 2011   [E]—dc22   2011011608

Reconocimientos
© 1984 Paul Sharp, ilustraciones de la cubierta y el dorso, páginas 3–6, 9–12, 15–18, 20–26, 29–33, 4–35, los
jugadores de béisbol y el campo, 36–38, 40.

1 2 3 4 5 6 7 8 9 10 R 18 17 16 15 14 13 12 11

Pablo el lanzador lanza la pelota.

El béisbol es el juego preferido de Pablo.

Pablo el lanzador lanza la pelota.

Lanza la pelota
y nunca se agota.

Lanza la pelota al guante del receptor,

excepto cuando le pega el bateador.

A Pablo el lanzador le encanta lanzar,

a veces por lo alto,

a veces por los bajo.

18

A Pablo el lanzador le encanta lanzar,

a veces rápido,

a veces lento.

Es muy divertido lanzar la pelota,

22

excepto cuando el bateador
una carrera anota.

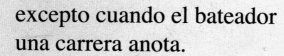

A Pablo el lanzador le encanta lanzar.

Algún día será un profesional.

¡Felicidades!

Acabas de terminar de leer *Pablo el lanzador* y has descubierto lo que le gusta a Pablo (el béisbol).

Sobre el autor e ilustrador

Paul Sharp se graduó del Art Institute de Pittsburg con un grado en Comunicación Visual. Ha hecho ilustraciones para muchos libros de niños y revistas. Este es el quinto libro que Paul ha ilustrado para Children's Press. También lo ha escrito. Actualmente, Paul vive y trabaja como artista en Lafayette, Indiana.

LIBRO DE ACTIVIDADES

Pablo el lanzador

¡Aprendamos juntos!

Vamos juntos al parque

(Cante esta canción a la tonada de "Take Me Out to the Ball Game").

Vamos juntos
al parque.
Vamos a
practicar.
Te mostraré
qué bueno soy,
y lo bien que sé lanzar.
Vamos juntos
al parque.
Vamos a
practicar.
¡Lanzaré un, dos, tres
veces más
y tú batearás!

CONSEJO PARA LOS PADRES: La actividad preferida de Pablo es el béisbol. Hable con su niño(a) sobre una de sus actividades preferidas y por qué es importante practicar. Utilice el humor y dele ánimo cuando su niño(a) se frustre de vez en cuando. A menudo, la frustración es una señal de que su niño(a) está avanzando a un nivel más retante.

Es hora de rimar

Muchas palabras riman en *Pablo el lanzador,* como pelota y anota. Las palabras que riman tienen los mismos sonidos al final.

Mira una de las imágenes en la fila superior. Encuentra la palabra con la que rima en la fila inferior y señálala.

gato   camión   silla

ratón   pato   ardilla

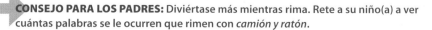

CONSEJO PARA LOS PADRES: Diviértase más mientras rima. Rete a su niño(a) a ver cuántas palabras se le ocurren que rimen con *camión y ratón.*

¿Cerca o lejos?

Tres bateadores están corriendo. Las reglas se usan para medir distancias. Mira la regla de abajo. La distancia entre los números es igual a una pulgada. ¿Cuán lejos llegó el primer bateador? ¿Cuán lejos llegó el segundo? ¿Y el tercero?

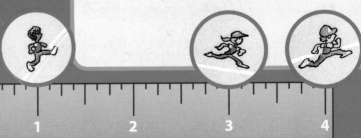

CONSEJO PARA LOS PADRES: Utilizando la regla en el libro, los niños pueden medir otros objetos, como crayones o un bloque de madera. Refuerce el concepto de las medidas en conversaciones cotidianas utilizando palabras como *más corto, más largo, más pequeño, más grande, más cerca, más lejos,* etc.

35

¡A batear!

No tienes que salir de casa para practicar tu bateo.

Puedes hacerlo en tu propia casa. Utiliza como bate un tubo de papel toalla ya acabado. Luego haz una pelota con papel de aluminio. ¡Estarás listo para hacer un jonrón en un abrir y cerrar de ojos!

CONSEJO PARA LOS PADRES: Para que los niños se sientan confiados, enfóquese en sus fortalezas. Asegúrese de mencionarles que sus fortalezas pueden ser de cualquier tipo: de carácter, como ser generoso o amable; académicas, artísticas, atléticas o musicales; o incluso una fortaleza puede ser el tener sentido del humor.

Rookie READY TO LEARN en español

Cuando crezca

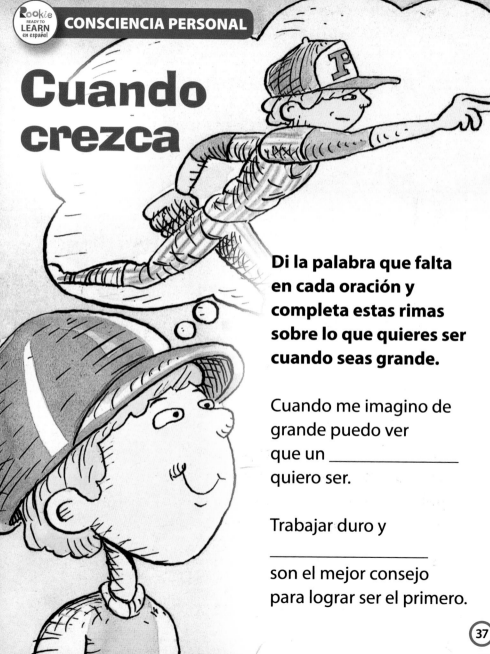

Di la palabra que falta en cada oración y completa estas rimas sobre lo que quieres ser cuando seas grande.

Cuando me imagino de grande puedo ver que un _____ quiero ser.

Trabajar duro y

_____

son el mejor consejo para lograr ser el primero.

Lista de palabras de Pablo el lanzador (44 palabras)

a	del	lanzador	preferido
agota	día	lanzar	profesional
al	divertido	le	rápido
algún	el	lento	receptor
alto	es	lo	se
anota	encanta	muy	será
año	excepto	nunca	todo
bajo	guante	Pablo	un
bateador	gusta	pega	veces
béisbol	juego	pelota	
carrera	la	por	
cuando	lanza		

CONSEJO PARA LOS PADRES: Aproveche la oportunidad para recalcar que el autor del libro *Pablo el lanzador* escribió el cuento con palabras que riman, o sea, que tienen el mismo sonido al final, como pelota y anota. Encuentre algunas palabras que terminen con los mismos sonidos en la lista de palabras y pronúncielas en voz alta con su niño(a). Puede que su niño(a) disfrute volver a hojear el libro para encontrar otras palabras que riman.